# EL OSO

## y la solidaridad

José Morán - Paz Rodero

susaeta

Texto: José Morán
Ilustraciones: Paz Rodero
Diseño de cubierta: más!gráfica

© SUSAETA EDICIONES, S.A.
C/ Campezo, 13 - 28022 Madrid
Teléfono 91 3009100
Fax: 91 3009118
www.susaeta.com

# EL OSO

## y la solidaridad

Olaf era un oso polar que se lo pasaba en grande nadando,
pescando peces y lanzándose al agua desde los icebergs.
Cuando el hielo se rompía aplastado bajo sus quinientos kilos,
muchos creían que era por culpa del cambio climático.

Olaf y la osa Helka tenían dos preciosos hijos recién nacidos que parecían de juguete. Como todos los cachorros, todavía eran ciegos. Pero eso no impedía que jugaran con la nieve, aunque lo que más les gustaba era dormir.

A Olaf le encantaba el Polo. El paisaje blanco y azul, la tranquilidad, la vida familiar, la carne de foca, las puestas de sol... Pero había una cosa que no le gustaba ni un pelo: el invierno, congelado e interminable.

Porque Olaf, a pesar de la espesa capa de grasa y el abrigo de piel que lo protegían, era muy friolero. Todos los años se repetía entre temblores:

—¡Menudo rollo el invierno! ¡A ver si se acaba de una vez!

Tanto le fastidiaba pasar frío que soñaba con irse de vacaciones a un lugar más cálido. Y un día, se lo propuso a Helka.

—Cariño, nos achicharraríamos de calor—le contestó ella—. Nosotros estamos hechos para vivir aquí, en el Polo.

Pero Olaf era un poco terco. Cuando se le metía una cosa en la cabeza, no había manera de hacerle razonar.

—Claro, como tú y los niños hibernáis, no pasáis frío. Y mientras, yo me congelo y me aburro como una ostra...

Pero aquel año sucedió algo que le ayudó a Olaf a salirse con la suya. Y fue que, a finales del otoño, recibió una postal de su tío Brandon, un oso pardo anciano y solitario que vivía en un bosque perdido. Decía la postal:

«Querido sobrino Olaf:
Te escribo para pedirte ayuda. Resulta que el otro día me caí de un árbol y me rompí una pata. ¡No puedo cazar! ¿Podrías venir a echarme una mano?
Un abrazo.
        Brandon».

—¡Pobrecillo! —exclamó Olaf— ¡Si no voy a ayudarle, quizá
se muera de hambre! Ya tiene muchos años...
—Tienes razón —dijo Helka—. Debes ir. No te preocupes
por los niños, yo los cuidaré hasta que regreses.

De modo que Olaf emprendió el viaje. A veces nadando y a
veces caminando, el oso blanco se alejó de las regiones
polares y descubrió nuevos y hermosos paisajes.
—¡Qué bonito es el mundo! —se admiró.

Una mañana de invierno, Olaf llegó a su destino: las montañas en las que habitaba su tío. Subió y subió hasta que, por fin, cuando caía la tarde, llegó al bosque, y allí estaba su tío, esperándole.

—¡Olaf! —le llamó Brandon desde la distancia.
—¡Tío Brandon! —respondió Olaf, contento de verle sano y salvo, aunque un poco delgado—. ¿Qué tal estás?

Los dos se dieron un auténtico abrazo de oso.

Durante aquel invierno —que para Olaf resultaba tan cálido como la primavera del Polo—, el oso blanco cuidó a su tío lo mejor que supo. Le dio sobre todo mucho cariño, que es la mejor medicina.

Y también pescaba los mejores peces del río para que Brandon se alimentara bien, y jugaba con él a las cartas, y le llevaba agua fresca, y por la noche le contaba cuentos del Polo hasta que los dos se quedaban dormidos.

Así transcurrió el invierno. Brandon mejoraba poco a poco, pero cuando estalló la primavera, con sus mil colores y olores, todavía no estaba curado del todo. De modo que Olaf decidió quedarse un poco más.

Bajaba al valle a recoger, a pesar del calor que sufría, los más saludables y apetitosos manjares que encontraba, como arándanos, caracoles y miel, que eran los bocados favoritos del viejo oso pardo.

—Querido sobrino —dijo un buen día Brandon a Olaf—, me has salvado la vida. Te agradezco muchísimo todo lo que has hecho por mí. Pero como no vuelvas pronto al Polo, te derretirás como un azucarillo. Además, ¡ya estoy curado!

—Creo que tienes razón, tío —reconoció el oso polar, jadeando y sudando a mares—. La verdad es que aquí hace un calor de mil pares de narices. Jamás imaginé que el sol pudiera calentar tanto. ¡Casi no puedo ni dar un paso!

Brandon acompañó a su sobrino un buen trecho del camino de vuelta. Por fin, llegó el momento de la despedida.

—¡Hasta siempre, Brandon! ¡Te esperamos en el Polo!

—¡Hasta siempre, Olaf! ¡Vuelve cuando quieras!

Olaf prosiguió su largo viaje medio muerto de calor. «Ah, ¡cuánto echo de menos a Helka y a mis queridos ositos!», se decía. «Y qué ganas tengo de zambullirme en el agua fría y dormir sobre la nieve!».

Por fin llegó Olaf al hogar que tanto añoraba.

—¡Papi, papi! ¡Has vuelto! ¡Qué bueno! —exclamaron sus hijos al verle—. ¿Nos vas a enseñar a pescar?

—¡Qué barbaridad! ¡Cuánto habéis crecido! —dijo él—. Helka, el bosque es bonito, pero tenías razón: allí te achicharras. Nada como nuestro querido territorio helado.

—Sí. Pero estoy muy orgullosa de ti. Has arriesgado la vida por alguien. ¡Te mereces un montón de besos!